大道长歌系列丛书

寒墨春秋

郭鸿 ◎ 著

陕西新华出版传媒集团
太白文艺出版社

图书在版编目（CIP）数据

寒墨春秋 / 郭鸿著. -- 西安：太白文艺出版社，2020.7（2023.2重印）
（大道长歌系列丛书）
ISBN 978-7-5513-1350-6

Ⅰ.①寒… Ⅱ.①郭… Ⅲ.①诗集－中国－当代 Ⅳ.①I227

中国版本图书馆CIP数据核字（2020）第090914号

寒墨春秋
HAN MO CHUNQIU

作　　者	郭　鸿
责任编辑	李　玫　汤　阳
封面设计	郭　鸿
版式设计	张洪海
出版发行	陕西新华出版传媒集团 太白文艺出版社
经　　销	新华书店
印　　刷	三河市嵩川印刷有限公司
开　　本	787mm×1092mm　1/32
字　　数	130千字
印　　张	6.75
版　　次	2018年3月第1版
印　　次	2023年2月第3次印刷
书　　号	ISBN 978-7-5513-1350-6
定　　价	58.00元

版权所有　翻印必究
如有印装质量问题，可寄出版社印制部调换
联系电话：029-81206800
出版社地址：西安市曲江新区登高路1388号（邮编：710061）
营销中心电话：029-87277748　029-87217872

序

王蓬

我对学理工的人素来尊重,暗生敬仰。一方面,是自己读书时偏爱文科,自然是因学数理化感到吃力;另一方面,是我们日常生活所接触的很多东西都需要以数理化为基础。"云计划""大数据"都是学理工的人搞出来的。世界总是多一些脚踏实地的人好,莎士比亚的戏剧固然伟大,总要吃饱饭才能欣赏。所以,当我阅读友人推荐的郭鸿诗集《寒墨春秋》时,发现写就古体诗,不论四言、五言、七言,都需要有传统文化修养,至少对唐诗宋词十分偏爱才行。再看作者是陕西理工大学土木工程与建筑学院副院长、陕西秦岭生态环境保护青年学者,且是国家公派美国联合培养的博士,一个标准的理工男。虽不认识也生好感,诗也读得认真,不然无法写序。

细读郭鸿的《寒墨春秋》,仿佛见到八百里秦川,苍茫浑厚的渭北高原,苍穹下散落的无数村庄中走出的学子的求学之路与人生之旅,耕读传家的古训,父辈精神的鼓舞无不跃然纸上，闪烁其中。这自然会在其心中树起无形的榜样，增强刻苦奋进的力量。关中平原，这片深厚的京畿王土，周秦开创，汉唐拓疆，千年积淀，家国情怀在渭河长流的涟漪波光之中，在唐陵汉冢的晨晖夕映之间，在每星期回家背的一口袋馍馍之中，在喝白开水吃干馍就油泼辣子的吸溜声中，不知不觉会渗进血脉与骨髓，鸡啼即起，踏雪践霜，砥砺前行，敢为人先，勇于奋斗，不敢懈怠，乃至于影响终身。

读郭鸿的诗集，感觉仿佛是阅读他身世阅历的备忘录与人生追求的教科书。诗集中有对前贤的敬仰："千古伟卷，泱泱大唐。李杜仙圣，万丈光芒。王孟诗画，群儒瞻仰。一朝盛世，国文流芳。"（《大唐诗魂》）。有对家乡的赞叹："万里晴空俯翠林，满山春绿沟壑深。登高壮观天地间，叱咤一声浮云开。"（《登高》）。有对同窗的期许："寒冬风萧瑟，英雄志在天。龙岂池中物，一跃欲腾渊。"（《赠考研兄弟》）。有对异国的描述："见公园之星罗兮，感西夷之所营。升长空于谷歌兮，多棋布之卫城。望秋叶之金灿兮，听微风之静清。临湖水之如镜兮，望天鹅之娇容。仰碧空之广袤兮，观百鸟之朝凤。携佳丽于闲暇兮，赏鸳鸯之畅游。踏草坪之漫步兮，有松鼠之蹿动。"（《美国公园秋景色》）。有对大自然的赞赏："秋黄如沙水连横，萧景不与草原同。夜幕静寂无人影，愿栖江汀做牛翁。"(《荒野江景》)。

题赠、感怀、咏时、伤物、抒情、忆旧、游记、偶感……这些作品大多写于求学时期，不管是中学还是大学，是国内还是国外，即便工作了也没有跨出校园，只是学生到教师身份的转换。校园是让人充满希冀与梦想的地方，也是最易生发壮志与诗情的地方。细察，许多人的事业往往与校园时代的希冀与梦想相关。

只是，梦想人人皆有，壮志毕竟难酬。成功者则是少数，甚而是极少数。原因很多：时代、机遇、主观……但除此之外，"先自助之后天助之"，自身是否努力，恐怕要占主要方面。

郭鸿的诗虽多生发于校园，但时空转换，辐射面广，吸引我用两天读完他的诗集。当然，这也和诗的篇幅短小有关，但这并不意味着缺少内涵，唐代李白的《静夜思》、王之涣的《登鹳雀楼》都是短短四句，二十个字，却是不可逾越的千古绝唱。

郭鸿的诗在我看来，已写得相当不错，情绪饱满，联想丰富，用句简练，恢宏大气，引人入胜。如果一定要找毛病的话，那就是还需在作诗的平仄上再下点功夫，如同添一道彩虹，就完美了。

郭鸿还很年轻，生活对他这个80后的人来讲，才拉开序幕。他最难能可贵的是勇于把现实中的大千世界、芸芸众生、寻常往事都赋予诗意，燃烧起激情。

唯其如此，希望与诗便在远方招手。当然，我们也就能读到他更多的好诗。

是为序。

王蓬

2020年1月20日

王蓬，国家一级作家，二级岗位（二级教授），享受国务院特殊津贴专家，陕西省有突出贡献专家。曾任陕西省作家协会副主席、汉中市文联主席、汉中市作家协会主席。创作50年，结集60部。曾获国家图书奖、冰心散文奖、柳青文学奖、首届中国徐霞客游记文学奖等多种奖项，有多部作品版权输出国外。

自序

三分清趣，七分玄妙。迷雾之上，路在前方。

我出生在陕西渭北高原的一个小山村。虽是农民家庭，但是长辈们一直用行动教导着我努力向前。父母善良明理，勤劳节俭，坚强乐观，竭尽全力支持着我漫长的求学之路。正如我诗中所云："五味杂陈皆可忘，唯念严父满鬓霜。焚膏继晷承遗志，卧薪尝胆苦未央。"

也许是成长环境的影响，我认为自己是一个内心世界和情感过于复杂的人：多重性格偏乐观开朗，爱好广泛偏诗乐田园。我喜欢富有诗意的生活，无论酸甜苦辣，亦无论顺风顺水还是暴风骤雨。对我来说，大概只有诗文才能真正表达我这丰富且粗糙的内心：或抒怀感慨，"苍然鸿鹄吟寂寥，翘首几度为扶摇。独游穹宇摘月去，暴风骤雨满云霄"；或苦中作乐，"学海泛舟常自在，苦中作乐唯诗茶"；或风轻云淡，"旧愁新绪随他去，看草长，沐花香"；或追逐浪漫，"携佳丽于闲暇兮，赏鸳鸯之畅游"；或闻曲有感，"最是壮思荡涟漪，不尽清曲落津涯"；或吃货嘴脸，"刚有板鸭入蕾去，再品南国鲈鱼肥"；或狂放没边，"若有仙圣李杜在，共做诗狂高歌人"；或多愁善感，"夜凉知秋意，观月最生愁"；或近乎疯癫，"你疯我癫曲终绝，以天为盖石上歇"。对于物质生活，却似乎没有太多要求。也许我这种略带诗人气质的人，如"诗书华气应似我，清如秋晨才相宜"，或"道风雅骨华气在，不与俗尘争久长"般，更适合"不思人间钱粮事，唯愿高隐做神仙"的生活吧！

所以无论多忙多累，我都不忘看身边的风景，从花木草丛，到河流天空，驻足自己遇到的每一处美丽的地方，再天马行空地展开思绪。因为我喜欢自然界带给我的创作灵感，比如在高铁上看窗外风景的感慨："一色清空映波光，万亩碧翠浮山廊。"甚至看到别人朋友圈发的美景视频都幻觉自来，身临其境："屋舍阡陌忽成韵，一入卉丛人自酣。"

我是理工科出身，写诗、填词只是业余兴趣。经过多次删节润色，定稿时选了约300首。就在我给出版社提交定稿的时候，仍然有不少遗憾。自认为个人的诗风过于任性，但凡略有"水墨清风"，便会"纵论诗牍任意游"，站在专业的角度上看，肯定有诸多不妥甚至谬误，所以真诚恳请广大读者批评指正。

我仰慕王蓬老师已久，只是未曾相见。经同事介绍，我电话联系了王老师，请求他给我的第一部诗集作序。王老师欣然答应，丝毫没有大腕的架子，这让我非常感动。在此特别感谢王老师。

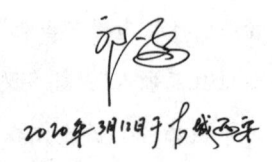

2020年3月11日于古城西安

目录

第一章　四言诗

003　渭水桥头
004　临江赋
005　春风
006　杨凌郊外
007　大唐诗魂
008　筝
009　秋赋
010　褒城
011　诗心
012　疫情宅家时两首

第二章　五言诗

015　赠考研兄弟
015　家乡晨景
016　竹林游
016　散人
017　文人
017　月歌
018　茶韵书吧
019　书茶诗乐
019　见芦苇
020　游西湖
021　走西湖
022　生翅
023　春寒
023　岳麓书院
024　翠华山
024　天池
025　风洞
025　岳麓观光长廊
026　水墨江南

027 思乡两首	040 岭北
028 雪之夜	040 过德清
028 冬飞雪	041 秋雨
029 今作古	041 平湖
030 临中秋	042 欲归
031 他乡中秋	042 望芦草
032 纪念杜甫诞辰一千三百周年	043 拂袖
033 放马山歌	044 乡情
033 雨后春景	045 登紫柏山
034 几度花开	046 竹影
035 记当前	047 理工北区
036 贝阙珠宫	048 秋收有感
036 沐风	049 汉韵
037 秋夜	049 水盆羊肉
037 冷月	050 阳暖
038 夜凉	050 雨如诗
038 初秋碎雨	051 仲夏
039 盼父安	051 烹小鲜

第三章 七言诗

055　咏刘备
056　岩土庵歌
057　做试验
057　暖春
058　雨后春色
058　曲裾深衣
059　骑马
059　田园山庄
060　种菜
060　朝阳峰
061　观鱼石
061　过五里关
062　渭滨公园
062　瀚海游
063　渭河野炊
063　春飞雪
064　野鹤遗梦
064　渭滨渔翁
065　叹成汤
065　宋城游
066　竹林深处
066　彩霞亭
067　雪痕
067　法桐路
068　败笔残调
068　回宿舍
069　五周年赋
070　南国美食
070　爱晚亭
071　半山亭
071　穿石坡湖
072　云来雾去
072　冰洞
073　橘子洲
073　岳麓书院

074	念伯父两首	088	神赋
075	凤尾竹	088	冷日苍苍
075	临中秋	089	花海
076	他乡中秋	089	泾河川
078	庆双节	090	汉山
079	发狂吟	090	游汉江
082	冬至	091	象棋
082	伍斯特冬雨	091	夜静
083	风暖枫叶	092	游南湖
083	登高	092	汉江随笔
084	独望空	093	清风徐来
084	秋晨	093	观花海
085	秋尽冬临歌	094	黄昏桥瘦
085	东风	094	无题
086	驰骋	095	秋夜
086	一壶	095	观龙池
087	雨润	096	咏香椿
087	神吟	096	题五谷渔粉

097 烛火	109 首雪
097 汉人老家	109 江南春雪
098 即兴	110 水仙赋
098 登汉山	110 水墨江南
099 江南村风	111 江雨
100 襄城	111 临汉山
101 襄河森林公园抒怀	112 须臾
102 乡野	113 咏端午
103 听《细雨松涛》有感	114 万亩碧翠
103 荒野江景	114 雨后中秋
104 题民乐团	115 独舟
104 微寒	115 诗影长安
105 秋暮	116 江南醉色
105 湖平夜静	
106 油泼面两首	**第四章 杂言诗**
107 廉	119 情人节赠女友
107 立冬	120 考研
108 题三十四岁生日	121 春风乍寒

05

122	杨凌隆冬	145	群山
123	游北水沟	146	冬晚
124	青竹立	147	学府
125	春草惺忪	147	曲径
125	不归	148	东风
126	七夕赋	148	春野
127	游在你的海洋	149	风云
129	我随颗粒一起碰撞	150	书竹
131	怀念淡淡的村庄	150	劲风化雨
133	初冬静美	151	油菜花赋
134	美国公园秋景	152	瞰沐
136	冬至	152	云花
137	龙年赋龙	153	黎坪五首
138	短恨歌	154	闻览
141	大风歌	154	丹青
143	秋赋	155	芙蓉
143	君不见	155	瞰湖水以平心
144	庆双节	156	雪飘小江南

157	山松	167	墨竹
157	风迥	168	凭栏听雨
158	山高	169	修竹
158	雨花	169	秋游
159	丽花	170	论学
159	芦苇	171	雁钓
160	画色	171	鸣清
160	芳菲	172	风雨
161	雪夜	172	黄土沟壑
161	伏花	173	夏时
162	旭日	173	山江
162	雨柳	174	云黛
163	春时	174	归途
164	园林		
164	望江南	**第五章　词**	
165	一句	177	浪淘沙·地震
166	稻香	178	锦帐春·地震
167	扁舟	179	沁园春·咸阳

180	雨霖铃·竹林歌	190	长相思·父亲三周年祭
181	蝶恋花·渭河野炊	191	蝶恋花·早春
182	西江月·渭河野炊	192	水调歌头·游长江
183	天仙子·伍斯特初春	193	水调歌头·西成高铁
184	沁园春·忆杨凌	194	水调歌头·无题
185	御街行·江南春夜风	195	蝶恋花·秋雨
186	蝶恋花.观樱林	196	水调歌头·游漾河
187	梦江南·甘肃行	197	水调歌头·冬暖
188	汉宫春·立春	198	定风波·长安初冬
189	临江仙·无题		

第一章 四言诗

渭水桥头

渭水桥头，冬意在春。

夕照映目，金波荡漾。

远山雀舞，百鸟思归。

吾有嘉宾，龙吟虎啸。

2006 年冬　陕西杨凌水上运动中心

临江赋

北临碧水,风光奇秀。

书生倚柳,如眺江南。

今春将夏,万物滋荣。

邰地抒怀,当赤壁否?

2007年春 西北农林科技大学南区

春风

悠哉春风,抚我之琴。

柔哉春风,浅唱低吟。

煦哉春风,熏天暖云。

美哉春风,醉我诗心。

2007 年春　西北农林科技大学南区

杨凌郊外

沃野关中，荞麦青青。
闲村楼阁，犬吠人静。
日近黄昏，炊烟袅袅。
乡间小路，阡陌交通。

2008 年春　陕西杨凌郊外

大唐诗魂

千古伟卷,泱泱大唐。

李杜仙圣,万丈光芒。

王孟诗画,群儒瞻仰。

一朝盛世,国文流芳。

2009 年冬　西安大唐芙蓉园

筝

弄弦铮铮,呦呦鹿鸣。

如山垂泉,汨汨有声。

雅乐铮铮,啾啾劲风。

似入骇浪,滔滔有声。

2010年夏　西北农林科技大学南区

秋赋

天入苍茫，寸寸秋色。

壮思风飞，步步佳趣。

云山雾海，层层妖娆。

吾有佳丽，楚楚动人。

2010年秋　美国伍斯特榆树公园

褒城

北临褒城,以观林海。

山涧幽然,竹林丰茂。

曲径逶迤,磊石听涛。

壁立千仞,冬气浩浩。

苍色飞翠,春意昭昭。

吾有诗文,常吟寂寥。

2017 年春　陕西汉中褒河森林公园

诗心

蒹葭苍苍，白露为霜。
平湖风皱，秋屏雨凉。
年且立矣，忧思未央。
吾有诗心，山高水长。

2019年秋　西安市护城河

疫情宅家时两首

其一

冷夜宵衿,素月不见。

独舞寒春,只是凭栏。

其二

朝阳灿灿,朗朗晴空。

野有蔓草,在城郊兮。

其叶莫莫,荣适愿兮。

野有荠菜,在郊田兮。

殷其盈盈,味适我兮。

2020 年春　西安市长安区

第二章 五言诗

赠考研兄弟

寒冬风萧瑟,英雄志在天。
龙岂池中物,一跃欲腾渊。

2006年春　西北农林科技大学南区

家乡晨景

晨霜托清风,枯树扶朝阳。
沃野千万里,吾辈当自强。

2006年冬　陕西长武

竹林游

北国有佳竹,何须下江南。
儒林逸士在,此处最江山。

2007年夏　西北农林科技大学南区

散人

我本懒散人,才情非在身。
心和生雅意,翘首发狂吟。

2007年夏　西北农林科技大学南区

文人

文人多骚客,妙笔察古今。
诗词又歌赋,多为山河吟。

2008年春　西北农林科技大学南区

月歌

皓月穿云过,烟花舞欢歌。
仰天观故里,相思几多何?

2008年秋　西北农林科技大学南区

茶韵书吧

久忙学务事,未临书茶摊。
木几不知处,屋角竖竹帏。
新主少言笑,无语片刻归。
幸有两宾朋,普洱共相随。
道别心茫然,煮茗复为谁?

2009年春　陕西杨凌茶韵书吧

书茶诗乐

茶香渐觉浅,信手舞坤乾。
诗书总达意,古乐赋她颜。

2009 年秋　西北农林科技大学南区

见芦苇

秋芦不服老,雨来发几春。
儒林不自量,岂知是散人?

2009 年秋　陕西杨凌渭河

游西湖

情切西湖游,风荷已残头。
闲眼拾片翠,逸心欲驾舟。
我自汉唐来,江南晚逢秋。
四时逍遥过,不知有何忧?

2009年秋　杭州西湖

走西湖

西湖苏堤长,听树闻水香。

蝉虫林间语,鸟飞断桥上。

红日映平镜,舟船轻点江。

远山层叠嶂,雷峰岛中央。

2009 年秋　杭州西湖

生翅

两胁生白翅，一酌吞孤烟。

此山不知处，驾鲲驭鹏来。

乘风摘月去，相异不同年。

奈何飞环宇，驰龙游星汉。

2009 年秋　西北农林科技大学南区

春寒

万物争一春,清露送几寒。
百芳朝暮思,只待艳阳来。

2010年春　西北农林科技大学南区

岳麓书院

楚地多才俊,岳麓庭院深。
当年书生气,风采越古今。

2010年夏　湖南长沙岳麓书院

翠华山

群山竞苍翠,崩石落成堆。
客自人间来,水由天上回。

2010年夏　陕西翠华山

天池

仰首观青天,俯身瞰绿潭。
驾舟水中望,遍池是翠山。

2010年夏　陕西翠华山

风洞

顶汗沿山去,凉风飕飕来。
抱臂渐入洞,心怡不觉寒。

2010年夏　陕西翠华山

岳麓观光长廊

信步观光廊,岳麓雾茫茫。
长沙望不见,湿风送茶香。

2010年夏　湖南长沙岳麓山

水墨江南

水墨染江南,
绿岸映荷衫。
石桥通浅径,
青瓦接水天。

2010年夏　湖南长沙

思乡两首

其一

佳节何处去？重阳伍城游。

思乡情渐切，登高远望秋。

日月各两岸，亲友多别离。

低头看霜蕊，仰首念茱萸。

其二

秋风梳秋雨，秋雨润秋红。

秋红遍秋日，秋日沐秋风。

独自踏湿路，湿路树莘莘。

人影何处去，他国思乡音。

2010年重阳节　美国伍斯特榆树街

雪之夜

漫天碎玉舞,路灯映独明。
但看它覆处,缟宫梨花城。

2010 年冬　美国伍斯特榆树公园

冬飞雪

飞雪伍城散,大风疾弄弦。
睡眼隔窗望,缟宫两重天。
喜悦不自已,越洋问友安。
谈笑随雪去,故音东土来。

2010 年冬　美国伍斯特榆树公园

今作古

我歌月徘徊,我舞影凌乱。

每忆太白赋,笔锋转促言。

唐诗不说话,辉煌越千年。

旁征百家句,博引赋诗篇。

2011 年秋　美国伍斯特理工学院

临中秋

院庭晨露后,恍惚临中秋。
朝阳叶上照,隔窗看车流。
此时多思念,归心似疾舟。
周末无停歇,好梦不可留。

2011 年秋　美国伍斯特榆树街

他乡中秋
步王摩诘之韵

天苍暮日落,月白大雁归。

当年忆顽童,秋夜爬柴扉。

花香桂枝秀,卧地数星稀。

今夜凭栏立,佳节与风依。

孤寂却闲逸,诗赋至辞微。

2011年中秋　美国伍斯特榆树街

纪念杜甫诞辰一千三百周年

我为诗圣歌,作赋纪诞辰。

唐诗有万卷,子美犹香醇。

怀君逾千古,妙笔泣鬼神。

思君多忧国,长使泪满襟。

誉君号诗史,怀古更悯人。

高风亮傲骨,富贵如浮云。

孤舟听猿啸,落日归夜魂。

唯其意深远,炼仗双绝伦。

2012年春　美国伍斯特

放马山歌

碧野怅寥廓,扬马踏山歌。
低头牛羊近,仰首白云底。
万里飞青翠,百鸟落长河。
笔下意未尽,此景难与说!

2012年春 美国伍斯特榆树街

雨后春景

丝丝雨洗尘,融融春色新。
片片杨柳絮,悠悠行路人。

2013年春 西北农林科技大学南区

几度花开

花开逐梦远,碎雨炼春寒。
牡丹几度落,青槐香正鲜。
游梦东篱处,阡陌绘田园。
深塘坐垂钓,此景最流连。

2013 年春　西北农林科技大学北区

记当前

帐中有洞天,落子走轩辕。
茶香生醉意,乌龙飞帛间。
秦岭放眼望,羽扇话桑田。
弄潮在商海,矢志意修仙。
逐鹿青苍下,击鹰破壁岩。
更待擎天日,脱云极目瞰。

2013 年春　陕西杨凌

贝阙珠宫

闲情入贝阙,翘首出珠宫。
九皋逐游凤,云海缚苍龙。

2013年夏　陕西杨凌渭河

沐风

沐风坐清塘,泥香萦垄梁。
九月桂花香,十年此味长。
文章愁肠断,邰城秋夜茫。
明月独不见,远灯照流黄!

2013年秋　陕西杨凌

秋夜

林园新雨后,独爱昏灯时。
闲蛐栖常早,桂花落更迟。

2013年秋　西北农林科技大学南区

冷月

冷月随云远,纤手自拈来。
抱风不识雨,落絮沾衣衫。

2014年夏　西北农林科技大学北区

夜凉

夜凉知秋意,观月最生愁。
此情何处寄?归心一盏收。

2014 年秋　陕西理工大学南区

初秋碎雨

碎雨润清秋,我自倚阁楼。
爽风对田垄,白鹭落扁舟。
沃野浸灿色,石径有客游。
常寻似此水,与谁共长流?

2014 年秋　陕西汉中

盼父安

离乡愁万绪,病榻陪至亲。
去年笑赏月,今朝疾一身。
淡茶不思饮,米香不可闻。
窗台落残影,百芳已谢春。
月下我徘徊,车啸我心乱。
敢问何时愈?万般忧才散。
唯愿父康安,来年能团圆。

2014 年秋　陕西理工大学南区

岭北

岭北冬未了,江南已得春。
野风低吟唱,闲云高抚琴。

2015 年春　陕西理工大学南区

过德清

远途忽梦醒,飞车过德清。
滴翠五百里,竹林十万丛。
别墅连阡陌,沃野绣秧禾。
水鸭闲梳羽,渔船浅岸搁。

2016 年夏　往上海途经德清

秋雨

秋雨姗来迟,草润丹桂香。
满径花解语,芬芳十里长。

2016年秋　陕西理工大学南区

平湖

平湖荡涟漪,小径润如初。
竹林入诗画,能阅一心无?

2017年春　陕西理工大学南区

欲归

欲归恋夜秀,小道铺石冷。
灯火远岭去,皓月随云行。
槐林枝微动,阡陌听虫鸣。
隔垣闻犬吠,低丛舞流萤。

2017 年秋　陕西汉中

望芦草

桥上望芦草,江山扶夕阳。
峥嵘留晚照,灿色满空长。

2017 年冬　陕西汉中汉江

拂袖

拂袖吟风去,望水坐听琴。

江河无悲喜,弦枕扫轻尘。

南野山景秀,黛眉画入神。

心平皆雅意,不是假儒人。

2017 年冬　汉中汉江

乡情

乡情梦回远,雨去吾复来。

莺歌遍山野,果香蔬更鲜。

阡陌闻犬吠,闲鸭嬉稻田。

不是东篱下,此心同悠然。

2018 年夏　陕西汉中南郑区

登紫柏山

天山蓝一色,万里绘雄图。
云敛水墨上,银顶在古亭。
地高游目远,坐看千丈青。
漫野百草茂,蜂蝶遍花丛。
连绵尽入画,风歌似琴声。
江山凭指点,咏志抒诗情。

2018 年夏　汉中紫柏山

竹影

竹影和诗瘦,秋草吟风长。
园果余香在,唯待春来芳。
拾级林稍静,鸟语声声扬。
置身瑶台处,愁绪又何妨?

2018 年秋　陕西汉中汉江

理工北区

碧树晕草色,青空淡云翔。
连城风轻沐,心上诗满行。
草色梧桐下,象牙塔影长。
幽林蝉声里,庸人自疏狂。

2018 年秋　陕西理工大学北区

秋收有感

秋久暑渐消,八月农事忙。

午来风稍起,绿野夹稻黄。

勤耕年年岁,功德不可量。

滴汗万万石,众生果腹肠。

观者闻鸡起,法古扮自强。

不如田作垄,载载复彷徨。

2018年秋　陕西汉中南郑区

汉韵

汉韵重素盏,古调松风寒。
弹指翻锦浪,文章自然来。

2019年春　汉中旅游景点"汉人老家"

水盆羊肉

清汤湖光远,翠浮水色深。
香辛起微露,一笑半月轮。

2019年春　陕西汉中关中羊肉泡

阳暖

日出草疏影,初晴风怡人。
园开入窗淡,阳暖不尽吟。

2019 年春　陕西理工大学南区

雨如诗

有雨皆诗韵,无风不清扬。
绿肥拥石懒,红瘦伴草长。

2019 年夏　西安环城公园

仲夏

仲夏长安城,玉帘垂天通。
俯首瞰柳绿,坝上车马行。
水木入画境,楼台烟雨中。
风卷忽来散,窃闻琵琶声。

2019年夏　西安和平门外

烹小鲜

何幸逢大道,愿言烹小鲜。
蜗居若高隐,布衣食素餐。

2020年春　西安市长安区

第三章 七言诗

咏刘备

浩浩正气一代雄,皇图霸业不等明。
蛟龙脱身离操去,入主西川建伟功。

2006年冬　西北农林科技大学南区

岩土庵歌

岩土山中岩土庵，岩土庵里岩土仙。
岩土仙人栽桃李，夭桃秾李满遍山。
遍山土人勤劳作，五更起来三更眠。
闻鸡起舞日复日，岩土耕耘年复年。
承蒙前辈多指点，岩土大师如星灿。
勘察设计挥洒间，奇思妙想搞试验。
若将岩土比数学，仿真分析又计算。
若将岩土比文学，江山风雨乐陶然。
登峰岩土何艰难，岩土一眼望不穿。
同舟共济齐努力，青山云外有洞天。

2007年秋　西北农林科技大学南区

做试验

窗外春暖好风光,我做试验解彷徨。
闲曲弥耳寻惬意,权当游苑闻花香。

2008年春　西北农林科技大学水利与建筑工程学院

暖春

柔风熏春暖阳空,萋萋草木树新生。
玉阶情人双双对,直至西山半天红。

2008年春　西北农林科技大学南区

雨后春色

雨后春色遍庭院,赏花佳丽碎步闲。
满园群芳争斗艳,不如国色一朵鲜。

2008 年春　西北农林科技大学南区

曲裾深衣

三月春风樱花开,曲裾深衣绫罗带。
捧书闻香佳丽在,花自飘入水深深。

2008 年春　西北农林科技大学南区

骑马

良驹赤兔侍吕郎,的卢跃溪美名扬。
今乘坐骑心荡漾,似与英豪踏春光。

2008年春　西北农林科技大学南区

田园山庄

田园池塘好风光,绿水荡漾柳枝长。
野鸭无声心欢喜,缘是故人在岸旁。

2008年夏　陕西杨凌田园山庄

种菜

人人网上忙偷闲,新新农夫乐种田。
青青秧苗东篱下,累累硕果话桑篇。

2008年夏　西北农林科技大学南区

朝阳峰

黑云半天俯华山,万峰林立欲擎天。
千仞石壁开大地,云雾妖娆意犹仙。

2008年夏　陕西华山

观鱼石

奇石衔翠遮云天,山间溪水悠悠然。
夜幕初登华山路,吾与地公同欢颜。

2008年夏　陕西华山

过五里关

蝉鸣鸟语山林间,樵夫低吟归山来。
远道六仙欢笑语,引吭高歌不入凡。

2008年夏　陕西华山

渭滨公园

渭滨公园秀色生，古韵馨香景亦情。
绿水荡漾冬已去，何奈散人笑春风。

2009 年春　咸阳渭滨公园

瀚海游

一片春色两清风，满园肥绿千红瘦。
五一佳节何处去，瀚海万里任尔游。

2009 年春　西北农林科技大学南区

渭河野炊

岩土新秀乐自陶,九重天阙任逍遥。
渭河大地同踏春,雅乐野炊志趣高。

2009年春　陕西杨凌渭河

春飞雪

迩来气散春乍寒,昨夜飞纷向花来。
玉饰百芳多瑞意,遍地蜡梅顶雪开。

2009年春　西北农林科技大学南区

野鹤遗梦

浩渺烟波渔村中,闲话桑麻灯火明。
谁知美景睡梦里,野鹤偏爱云山幽。

2009 年春　西北农林科技大学南区

渭滨渔翁

渭水河畔飞春风,大秦故地诗意浓。
小船满载游湖客,今有太公做渔翁。

2009 年春　咸阳渭滨公园

叹成汤

帝辛宫殿何辉煌,摘星楼上秀霞裳。
鹿台尽惹江山泪,酒池肉林覆成汤。

2009 年夏　陕西宝鸡

宋城游

悠悠宋城千古情,昔日繁华尽眼中。
古香古色真韵味,忽如一梦入皇城。

2009 年夏　杭州宋城

竹林深处

竹林深处通幽径,翠色依旧四季同。
偶尔雪来压枝梢,苍劲不屈笑北风。

2009 年冬　西北农林科技大学南区

彩霞亭

彩霞亭里信步闲,梦回唐朝诗雄还。
今日李杜赋盛世,荡胸颜笑寒之来。

2009 年冬　和祖母游西安大唐芙蓉园

雪痕

迩来飞雪闹冬寒,酉时碎玉纷弥天。
仰首才赏霄宇景,地上早已换人间。
巳时懒阳笑楼边,好梦不醒吾正酣。
欲踏白锦览冬色,梨花尽落却湿园。

2009年冬　西北农林科技大学南区

法桐路

梧桐树上生翡翠,大雪落下造琼枝。
万里江山银装裹,六出纷飞拨风丝。

2009年冬　西北农林科技大学南区

败笔残调

半尺枯笔缓捵毫,残音不去低拂瑶。
瘦红归土渐葬去,唯有明月伴寂寥。

2010 年春　西北农林科技大学南区

回宿舍

一叶一花一丝雨,一人一伞一分闲。
青伴瘦红湿弄路,缓步抱书归舍来。

2010 年春　西北农林科技大学南区

五周年赋

庆西北农林科技大学《研究生通讯》创刊五周年

六十华诞娇容展,科学发展开纪元。
澳门回归庆十载,嫦娥卫星翔宇间。
神州壮丽多幸事,西农峥嵘换新天。
诚朴勇毅承校训,矢志不渝健步前。
国际交流强学术,公派出国一马先。
高新科技扶稼穑,现代农业耀星汉。
丰功伟绩话旧岁,万物滋荣迎虎年。
关乎人文化天下,独领风骚放眼观。
通讯创刊五周年,风雨兼程易桑田。
同舟共济勤劳作,再创辉煌绘诗篇。

2010年春　西北农林科技大学南校区

南国美食

岳麓山下去寻味，苋菜红透蛙香回。
刚有板鸭入蕾去，再品南国鲈鱼肥。

2010年夏　与好友游湖南长沙岳麓山

爱晚亭

久恋爱晚雨中行，水润麓山更郁葱。
高低山石拾级上，大小红黄鲤鱼游。

2010年夏　与好友游湖南长沙岳麓山

半山亭

半云半雨半山亭,一伞两人伴步行。
半途半歇伴说笑,半脸迎得半山风。

2010年夏　与好友游湖南长沙岳麓山

穿石坡湖

穿石坡湖岸边亭,细赏荷花闻笛声。
水如明镜倒麓影,乐与故人沐山风。

2010年夏　与好友游湖南长沙岳麓山

云来雾去

万千气象云海中,汹涌波涛漫天生。
放眼尽收如仙画,恐是瑶台多神工。

2010年夏　湖南长沙归途

冰洞

游山玩水五月天,寒洞森森雾气来。
此处自古三九地,不闻他处日炎炎。

2010年夏　西安翠华山

橘子洲

今与故人游橘洲，湘江北去两色秋。
凭栏阔谈任风爽，百舸当年争上流。

2010年夏　湖南长沙橘子洲

岳麓书院

乐与故人游书院，岳麓山下叙旧闲。
丝丝凉风轻盈去，迷雾初开晴空来。

2010年夏　湖南长沙岳麓山

念伯父两首

其一
一身正气浩浩然,文韬武略真英才。
琴棋书中雅趣在,弹指一笑秀山川。

其二
春去秋来逾八载,音容笑貌不忘怀。
日日夜夜多思念,昨天依旧梦中来。
佳节他乡乱思绪,独枕书桌忆伯言。
谆谆教诲过往事,衣袖尽湿泪涟涟。

2010年重阳节　美国伍斯特榆树街

凤尾竹

千丝灰毫书阡陌,百亩翠色泼青原。
皓月半轮云捧出,凤竹一片画桑田。

2011年春　美国伍斯特榆树公园

临中秋

淫雨霏霏润深秋,我自孤零他乡游。
又临佳节月圆夜,万物晴开消宿愁。

2011年秋　美国伍斯特榆树街

他乡中秋
步杜子美之韵

漂洋过海非渡船,
云海万里浩宇眠。
晨光依稀西域天,
饥肠辘辘口生涎,
一杯可乐当甘泉。
白银他国换碎钱,
转机起程越百川,
不忘故乡心向贤。
中秋佳节年复年,
掀帘睡眼瞭星天,
玉兔成堆樱树前。
嫦娥绣月临窗前,
晨钟暮鼓远听禅。

我素梦中吟诗篇,

觉醒下榻不思眠,

蹒跚摸灯谁晃船,

魂游魄走逢圣仙。

亲友网上飞鸿传,

观香似在宫饼前,

不见千户壁炉烟。

中秋盛会今宵然,

华夏才子满八筵。

2011年中秋　美国伍斯特榆树街

庆双节

我心荡漾本痴狂,曲高和寡何人知?
最是佳节多情日,雅意陶陶狂赋诗。

2011年秋　美国伍斯特理工学院

发狂吟

大洋彼岸他乡客,初冬静美风萧瑟。
草甸湿湖无舟船,木琴不在怎弄弦?
悲情万千忆离别,人迹稀稀独看月。
终日耳闻车啸声,朝夕不止往复发。
月下吟者又是谁?我诗欲停月已迟。
何得故友此相见,轻弹桂香烛光宴。
我梦宾朋簇拥来,儒林逸士相对面。
一壶清茶阵阵声,二三笛箫丝丝情。
竹管长啸飞长思,钟鼓萦耳铭壮志。
梧桐木琴素手弹,曲言当年荒唐事。
细细抹托重勾挑,竟奏霓裳续六幺。
低吟声声似骤雨,高唱句句欢笑语。

仰首低头信手弹，七仙歌舞在玉盘。
皓月一轮云低滑，晚风林间疾步难。
你疯我癫曲终绝，以天为盖石上歇。
芳草深秋盘根生，耳依玉枕听水声。
日出雁走杂石迸，乳鹊枝头叽叽鸣。
野林醒赏江山画，东际一片全赤帛。
众醒哗然互相言，共赏远山弥雾白。
梳发洗漱泉水中，朝阳舒展沐颜容。
远见石台汲水仙，青烟生处茅屋住。
琴棋书画样样成，儒法道墨满书屋。
方圆百里秀才服，闭月羞花西施妒。
随友酒壶落地碎，直眼半晌不知污。

后知欢笑至去年,初冬今日孤人度。
美景风瑟有缘人,佳节相逢共相识。
只是去年辞北京,游学求经落此城。
于是同奏故乡乐,此起彼伏复琴声。
载歌载舞衣衫湿,悲去喜来欢乐生。
头上啾啾是何物?百鸟枝上齐齐鸣。
日落歌舞升平夜,此宵胜景国城倾。
你唱山歌我吹笛,声声悠远与天听。
随心随意胡乱语,只等拂晓待天明。
坐地复听琴一曲,九重天阙云海行。

2011年冬　美国伍斯特理工学院

冬至

静夜空怀听雨声,轻捻灰毫思乡愁。
画屏无睡满黛色,一夕寒度冬梦游。

2011年冬　美国伍斯特榆树公园

伍斯特冬雨

天上银丝坠湖江,近山远接两色苍。
此处冬雨胜春露,几点疏疏泥土香。

2011年冬　美国伍斯特学院公园

风暖枫叶

适逢周末睡意浓,忽闻窗外瑟瑟声。
大雪纷飞不觉冷,冬风更暖枫叶红。
梦入九霄游天宫,瑶池景应与此同!

2011年冬　美国伍斯特学院公园

登高

万里晴空俯翠林,满山春绿沟壑深。
登高壮观天地间,叱咤一声浮云开。

2013年夏　陕西长武塬

独望空

席地赏月独望空,星汉不与往年同。
若是两胁能生翅,我自仙游广寒中。

2013年夏 西北农林科技大学北区

秋晨

俗尘闹喧梦不成,苍空朦胧秋叶轻。
闲云弄琴逍遥去,我为君歌赋月明!

2013年秋 西北农林科技大学北区

秋尽冬临歌

秋尽冬临独吟歌,残叶遍地留几多?
我欲脱身随风去,寒宫逍遥瞰星河。

2013年秋　西北农林科技大学南区

东风

一夜东风大地回,桃花争芳竞相开。
仙姿常待怡情客,此去探春拈枝来。

2014年春　西北农林科技大学北区

驰骋

驰骋千里追落日,狂歌几度为谁雄?
巍峨磅礴无穷尽,只闻的卢铮铮声。

2014 年春　山西太原

一壶

一壶清酒两春秋,三更酣梦四海游。
四海弄潮三更笑,两度春秋一壶愁。

2014 年春　西南大学

雨润

雨润新柳吟华章,坐观贝宫听风扬。
十里云天瑶池路,鸟语花香春水长。

2014年春　西北农林科技大学北区

神吟

老夫为伊发狂吟,翘首拂袖乱拨琴。
烈酒难抒跋扈意,岂闻儒林有疯人?

2014年夏　西北农林科技大学北区

神赋

梦卧沧海欲驾舟,可乘惊涛万里游。
百丈日辉波光灿,唯见山岛雄宇中。

2014 年夏　西北农林科技大学北区

冷日苍苍

冷日苍苍道庭前,枝落雾迷霜锁栏。
薄缕轻衫寻惬意,与天斗争岂惧寒?

2014 年冬　陕西理工大学南区

花海

南邦金海花成岭，山水不与北国同。
农家小院多雅趣，乐于此地做隐翁。

2015年春　陕西汉中

泾河川

天清水秀泾河川，巍巍群岭相连绵。
最是初春风光好，暖阳沐人不觉寒。

2015年春　陕西长武胡家河村

汉山

青穹碧水映汉山,蜂蝶追香人自闲。
畅游花海寻惬意,却胜洛阳赏牡丹。

2015年春　陕西汉中

游汉江

百里汉江泽华翠,柳林春色芳成堆。
最是岭南多忆处,水乡熏风不思归。

2015年春　陕西汉中汉江

象棋

大国远征奇用兵,风起云涌逐江流。
运筹帷幄争天下,弹指之间定输赢。

2015 年夏　陕西理工大学南区

夜静

夜静人乱孤影深,银河苍白载星辰。
凭栏长啸应悔恨,欲摘皓月正丹心。

2015 年夏　陕西理工大学南区

游南湖

揽月楼上极目张,松密柏茂远山茫。
江南水绿湖似镜,野云随风弦音长。

2016 年春　陕西汉中南湖

汉江随笔

云影横斜水清浅,金波浮动映黄昏。
幸有微吟远喧噪,愿做江畔垂钓人。

2016 年夏　陕西汉中汉江

清风徐来

清风徐来觉秋至,芭蕉舒展美人香。
枝头绿叶翠未尽,丛中片片已枯黄。

2016年秋　陕西理工大学南区

观花海

花海和风翻作浪,青山随意着春装。
最是江南好去处,百里好景万里香。

2017年春　陕西汉中市南郑区陈村

黄昏桥瘦

半曲黄昏行人稀,桥瘦影浅闻春泥。
夕阳无边悄然下,却留江风看霞栖。

2017年春　陕西汉中汉江

无题

暮色苍茫霓虹飞,两相默契语生辉。
最是曲径通幽处,一缕清风待余归。

2017年春　陕西汉中汉江

秋夜

夜伴星辰吟苍空，远闻虫鸣近听湖。
月高云低抒长志，我与鲲鹏同沐风。

2017 年秋　陕西理工大学南区

观龙池

百里飞驰不畏寒，溪流激荡自清潭。
巍峨远山衔翠色，接天水杉盖地来。

2017 年冬　陕西南郑龙池

咏香椿

高卧野岭本无花,一破寒气生椿芽。
蒸炸煎炒多滋味,淡饭更宜配粗茶。

2018 年春　陕西汉中

题五谷渔粉

乐与田园萍水逢,桑麻半亩荞麦青。
最是五谷好味道,满池金汤一笠翁。

2018 年春　陕西汉中

烛火

烛火对影玉成光,入目冷色抹青墙。
最爱水墨归画境,半生诗韵一盏香。

2018年夏　陕西汉中"汉人老家"

汉人老家

阁轩石径竹临窗,月染青黛织素妆。
高楼伟宇不觉好,愿留小镇恋古香。

2018年夏　汉中旅游景点"汉人老家"

即兴

浩瀚无际走边疆,水墨青山两苍茫。
丹霞晚照尽诗画,坐览云海放眼长。

2018年夏　陕西汉中

登汉山

山翠风润雨香沉,层峦叠嶂拨云开。
四望皆通浮天阙,华梦几度得归真?
万壑林涛藏灵气,千里青雾无尘埃。
若有仙圣李杜在,共做诗狂高歌人。

2018年夏　陕西汉中汉山

江南村风

蝉声鸟鸣稻熏风,绿肥红瘦草成丛。

修竹藤瓜拾级上,依岭小筑独凌空。

偏爱乡村瞰寥廓,与天共语多书生。

心有诗画尽胜景,名山大川与此同。

2018年夏　陕西汉中南郑区

褒城

雨后轻雾连云通，褒城大地仙海游。

遥看氤氲平地起，融融迷日隐深空。

山泽苍然随烟逝，凭栏俯瞰多鬣楼。

萋萋芳草依远树，田园瑶池观果丰。

此景只恐天上有，壮思跃跃气方遒。

极目连绵无穷尽，腹有诗书释千愁。

2018年夏　陕西理工大学北区

褒河森林公园抒怀

道心儒骨慕青山,溪畔听涛且偷闲。

不思人间钱粮事,唯愿高隐做神仙。

迩来求学常清寒,躬耕三秦步维艰。

韬光养晦唯此道,卷土重来可破天。

2018年夏　陕西汉中褒河森林公园

乡野

偏爱乡野以为家，若非公务应无暇。

山前沐风田园近，闲步稻垄观水鸭。

碌碌卅载似烟过，何处寻觅复芳华？

学海泛舟常自在，苦中作乐唯诗茶。

2018 年秋　陕西汉中南郑区

听《细雨松涛》有感

云海细雨织轻纱,涛声悠远音无瑕。
最是壮思荡涟漪,不尽清曲落津涯。

2018年秋　陕西汉中

荒野江景

秋黄如沙水连横,萧景不与草原同。
夜幕静寂无人影,愿栖江汀做牛翁。

2018年秋　陕西汉中汉江

题民乐团

铮铮弦音一线天,梳月拨云弹指间。
几点桂香入笛孔,半缕清风卷琴来。

2018 年秋　陕西理工大学南区

微寒

时逢深秋天微寒,丹桂方去菊满园。
一轮朝阳才捧出,行人止步低头观。

2018 年秋　陕西理工大学南区

秋暮

立观秋暮吟华章,极目秋草听风扬。
夕照苍空何金灿,不及江水万里长。

2018年秋　陕西汉中汉江

湖平夜静

湖平夜静草香凝,壮思飞渡忆他冬。
临水览楼不觉冷,似与鸿鹄同沐风。

2018年冬　陕西理工大学南区

油泼面两首

其一
午餐寻觅冬风凉,酒家面香隔疏窗。
白红黄绿成残影,疑似故乡当寻常。

其二
江南冬冷烟火长,天低野旷风临江。
行到小肆真滋味,万里麦香野茫茫。

2018 年冬　陕西汉中

廉

浩然正气势如虹，反腐倡廉警钟鸣。
修身只做廉洁吏，一琴一鹤两袖风。

2018年冬　陕西理工大学南区

立冬

秋雨秋风入冬寒，崇山微雪暮气悬。
九州连云涤千里，无边落木倍黯然。

2018年冬　陕西理工大学南区

题三十四岁生日

苍然鸿鹄吟寂寥,翘首几度为扶摇。

独游穹宇摘月去,暴风骤雨满云霄。

弹指之间卅四过,游历八荒坎坷多。

平和静雅清风骨,大道德广乐如何。

琴棋百家功未成,谈笑煮茗弄弦声。

我诗欲停歌未罢,不忘初心攀且行。

2018年冬 陕西理工大学南区

首雪

冰雪林中玉着身,白锦千里纳俗尘。
任凭寒风扑怀进,不妨梨园一色春。

2018年冬　陕西理工大学南区

江南春雪

玉锦飘飘凌空来,万朵梨花自夜开。
最是江南好飞雪,天上人间一色春。

2019年春　陕西汉中汉山

水仙赋

才阅书卷墨几行,忽闻案头水仙香。
道风雅骨华气在,不与俗尘争久长。

2019 年春　陕西理工大学南区

水墨江南

江南水墨水清寒,古檐石桥石成山。
万里天青天映绿,烟雨林茂林语闲。

2019 年春　陕西汉中南郑区

江雨

江横林疏雨生烟,却无扁舟向蓬莱。
移步静览如读画,一泓长流一诗仙。

2019年春　陕西汉中汉江

临汉山

山前望雪远成岚,近拾小径逢甘泉。
一泓流水石上赋,几缕徐风抚琴来。

2019年春　陕西汉中汉山

须臾

一载须臾未思量,恍惚如昨马过窗。
千门万户共除夜,觥筹交错话圆方。
五味杂陈皆可忘,唯念严父满鬓霜。
焚膏继晷承遗志,卧薪尝胆苦未央。

2019 年春　陕西长武

咏端午

拂袖吟风何处去？独望山水坐听吟。
江河涛远无悲喜，附耳近闻林语深。
秦野景秀惹鸟鸣，黛眉画峰云入神。
诗起襟怀生雅意，不是儒人似儒人。
佳节竹叶逐意开，汨罗清韵走石台。
香雾斟茗敲棋碎，不见伯牙秉琴来。
料想此情应不解，一人一黍一徘徊。

2019 年端午　陕西西安

万亩碧翠

一色清空映波光,万亩碧翠浮山廊。
最爱云天入画镜,道风儒骨诗心长。

2019 年夏 陕西洋县

雨后中秋

中秋时节天乍凉,满园丹桂自成香。
一林金华随风落,半盏雨露润草长。

2019 年秋 陕西理工大学南区

独舟

独舟一叶为垂纶,秋气萧寒不同春。
闻鸟千语低溪畔,我自归来还素人。

2019 年秋　陕西西安

诗影长安

长安春色漫城门,竹茂草萋芳若闻。
最是含苞迷人眼,天清风和入淡云。

2020 年春　陕西西安

江南醉色
观友人朋友圈汉中油菜花海有感

极目百里金如颜,江南醉色齐云天。
屋舍阡陌忽成韵,一入卉丛人自酣。

2020年春　陕西西安

第四章 杂言诗

情人节赠女友

三春秋,连心过,风风雨雨今朝贺。
一江水,两情脉,笑逐颜开齐欢乐。
泣鬼神,四海歌,惊天动地苍穹破。
思五岳,念汝多,沉鱼凌波又如何。
情人节,两地过,一朵玫瑰手中握。
三滴泪,思情多,郁郁寡欢何沉默。
四只眼,相见悦,唯忆朱颜独自乐。
越五关,壮丽何,飞驾云舟千浪破。

2005年春　陕西咸阳

考研

鼓步并行,

政治打前锋,

士气正隆;

挥马扬鞭,

铁蹄铮铮破英营;

思慎行明,

大胜数学功必成;

剩勇追寇,

轻车熟路一路平。

2005年冬 西北农林科技大学南区

春风乍寒

春风乍寒,

碧柳林立,

群芳斗艳,

却曾回眸几何?

萍水逢时,

万芳黯然。

今春晖虽隐,

然浮云蔽穹,

地召细雨,

呼山河将润田。

幸甚至哉!

当以赋辞,

当以抒怀,

当以致情。

2006 年春　陕西杨凌

杨凌隆冬

隆冬气尽而白雪依皑。
暖阳当照奈寒风萧瑟。
春色将至有弦歌雅意。
吾有宾朋皆贺岁来道。
人生快意为曹公沉浮。
诗以咏志但与友同醉。

2006年冬　陕西杨凌

游北水沟

壮哉沟壑，

忆昔江河浩荡，

众山耸起，

百草丰茂，

水笙泉瑟佳人歌。

快哉人生，

展望事业辉煌，

群雄逐鹿，

其乐融融，

春华秋实来日多。

2007年春 陕西长武北水沟

青竹立

青竹立,
遥看芦苇成丛。
玉人临水,
如山如河。
是春时,
独枝惊林。
不仰首,
任风吹。

2007 年春　西北农林科技大学南区

春草惺忪

早上碧草惺忪，闻到春树芬芳。
玉兰含苞待放，垂柳柔枝长长。

2007年春　西北农林科技大学南区

不归

子夜操场不归，以天为被安睡。
星下乘凉观天，权当郊游野炊。

2008年夏　西北农林科技大学南区

七夕赋

纤云弄巧兮,淑女姿容。

星汉灿烂兮,书生致兴。

唯美唯梦兮,我我卿卿。

斯景娱情兮,万物俊灵。

抚筝作赋兮,绕绕萦萦。

世事洞明兮,惑将何终。

2008年夏　西北农林科技大学南区

游在你的海洋

游在你的海洋,
你的美丽让我窒息。
我开始回味,
你那美丽的模样,
为你诗词多放狂。
于是我将最完美的音符,
慢慢敲在电脑上。
沧桑的甲骨文,
远古的黄河边,
刀耕火种多繁忙。

你最初的容颜，

被刻在石头上，

随着历史的信鸽，

永远飞翔。

现在依然温柔，

轻轻落在，

我的键盘上。

2010年冬　美国伍斯特理工学院

我随颗粒一起碰撞

宏细观融合的世界里,

我没有长出翅膀,

还不会飞翔;

只单枪匹马,

同颗粒们,

胡乱碰撞;

在摩擦单元里,

擦出一点火光,

努力照亮,

惯性数和剪切带的假想;

那复杂的接触本构,

依然让,宏观世界,

模糊了模样;

我只好假装坚强,

不知道是徜徉还是游荡;

牛顿力系里，

那些偏微分方程，

和弹塑性张量，

悄无声息地，

将我阻挡；

这是宏细观统一的故里，

这是组构理论的天堂；

我多希望，

明天，

那颗粒堆积体里的多维力场，

如风，如沙，如水，

带我一起，

飞翔，张扬，激荡。

2010年冬　美国伍斯特理工学院

怀念淡淡的村庄

淡淡的村庄,

炊烟书写着沧桑。

夏日晚上,

处处可以看见,

他们在沐着月华;

池塘边的柳树,

在笑语中,和孩子们,

一起荡漾;

锄头弹着绿田,

一旁伴奏的稻秧,

也忍不住在歌唱。

山坡那边,

悠闲的大爷,

叼着烟斗,

牧着群羊。

淡淡的村庄,

孕育了我的梦想。

我一如既往,

最最思念,

还是那淡淡的村庄。

2010年冬　美国伍斯特榆树街

初冬静美

冬风静美,

湖水如镜。

芦苇边天鹅曲项,

泼墨着国风的倒影。

咖啡色的木屋,

唱着夕阳下落的旋律。

憔悴的涟漪,

渐渐隐去。

夜幕深处,

碎碎弦音万里。

2011年冬　美国伍斯特学院公园

美国公园秋景

自东土来求学兮,进伍城而生情。
见公园之星罗兮,感西夷之所营。
升长空于谷歌兮,多棋布之卫城。
望秋叶之金灿兮,听微风之静清。
临湖水之如镜兮,望天鹅之娇容。
仰碧空之广袤兮,观百鸟之朝凤。
携佳丽于闲暇兮,赏鸳鸯之畅游。
踏草坪之漫步兮,有松鼠之蹿动。
淋碎雨之尽兴兮,温儿时之旧梦。
待夜幕之降临兮,闻大雁之齐鸣。
朝阳晨露既生兮,随心志而驰骋。
万里苍穹和睦兮,乃天高乎日晶。
佳节近友之为盛兮,歌赋以寄月明!

乐矣美矣，国风远扬。

冬风之凛冽兮，雪舞八方。

弥天地之飘扬兮，覆日月之晖光。

似玉砌而厚重兮，胜瑶池之辉煌。

半载只曾鲜游兮，聊赞许以拙章。

只身且在海外兮，盼国强而民康。

师夷长技制夷兮，愿中华之泱泱。

2011年冬　美国伍斯特理工学院

冬至

静夜雨,

竞风流,

情不自禁意难收。

肝肠断,

诗词成,

古道残垣满目秋。

野苍茫,

瘦马行,

四时谁与夺峥嵘?

银装裹,

玉弥空,

踏雪寻梅属寒冬!

2011年冬　美国伍斯特理工学院

龙年赋龙

玉兔奔月兮,金龙腾空来。

四海贺岁兮,盛世迎丰年。

气壮吞日兮,天宇星斗连。

今朝作赋兮,笔端飞广寒。

喜联贴楣兮,八荒喜开颜。

爆竹彻空兮,大势可燎原。

游龙驾雾兮,神聚形可散。

屈伸自如兮,蜀道犹可攀。

2012年春　美国伍斯特榆树街

短恨歌

君不见,

七步赋诗才思敏,

斗酒当歌长空饮。

君不见,

落琴弦音天上来,

冬梅飘雪笛声还。

君不见,

儒法墨道兵杂禅,

大道行思前车鉴。

算遍尔今尽俗事,

闻鸡起舞换粮钱。

弹指之间年华逝,

淡泊明志梦在前。

桃花胜地访师友，
峨眉山巅做神仙！
游川狩猎画田园，
晨闻鹤鸣暮观雁。
快马千里追落日，
骑驴赋诗踏花间。
草青稻香荷在塘，
银河寒宫星在天。
落棋品茗言欢笑，
世外修身年复年。
须臾挥袖狂人去，
大唐诗仙还复来。
文达诸侯雄海内，

齐览百家治世典。

运筹帷幄晓兵机，

卧龙重生谁可言？

高山流水多知音，

竹林钓台多圣贤。

漫游古典非穿越，

疾书此歌思当前。

2012年春　美国伍斯特榆树街

大风歌

大风起兮尘飞扬,

尘入三尺水帘,

汩汩兮一二玉兰叶漂泊,

百草狂癫云乱舞。

丽人青丝迎风香,

风香桃花格外红,

杨柳妖娆依依恋,

紫薇园中春意浓。

大道三百里,步步有风歌,

踽踽行路人,念姝思香车。

游苑有佳丽,

弹风沐尘几多乐,

踏青赏花吟风歌,

大风消兮云将逝,

竹林佳曲石作缶,

新月显碧空,夜幕已纵横,

灯火明处尘依旧,却多行走人。

大风歌,尘飞扬,

草狂癫,云乱舞。

人茫茫兮阅春色,春风得意嘉才郎,

九天凤舞似风鸣,虎啸啸兮龙吟歌。

我自邰地遥相望,九州四海风同起,

我自农城闲耳闻,万里江山共风歌。

2012年冬　西北农林科技大学南区

秋赋

微雨天苍,风疾草长,明德学府独徜徉。
南依秦岭,北望叶黄,深秋关中川野茫。

2013 年秋　陕西西安长安区

君不见

君不见,垂髫黄发,英落同长。
日月枕,浓阴凉,醉寻常。
红尘索道,一杯半,不品芬芳。
仰生叹,茫茫百感,贫富细思量。

2013 年秋　西北农林科技大学北区

庆双节

国庆刚过明中秋,
万念难空独忧愁。
辗转反侧不能寐,
思乡忆亲情满楼。
情满楼,泪自流,
不能寐,空抬头。
独忧惆怅非有意,
明日中秋无他求。
无他求,非有意。
空抬头,泪自流。
今年佳节多谢友,
远途月饼寄情柔。

2013年秋　西北农林科技大学南区

群山

瞰群山之嵯峨兮,

有彩林之夺目;

略初冬之精美兮,

看玉云之垂空;

骋游龙之远驰兮,

沐清风之畅逸;

仰天地之胜景兮,

悟百家之奇萃。

2014年冬　陕西理工大学南区

冬晚

初冬醉晚,水墨霓灯,

纵论情怀她声游。

万象虚幻,诸物皆空,

百家瀚海书香丛。

红曳丝弦,曲苑藤萝,

宫商音律揽胸中。

理工政史,旁征博引,

唯有雄才与此同。

2014年冬 陕西理工大学南区

学府

清幽学府，汉水前横，

看长天一色，西南此地岭尤美；

残烟小筑，江楼闲倚，

望青穹素月，儒阁之颠星辰稀。

2014年冬　陕西理工大学南区

曲径

曲径通幽，至善如水静妆冬；

竹林华翠，虚怀若谷群争春。

2014年冬　陕西理工大学南区

东风

一夜东风，吹尽春老，花落多少？
丝竹唱，滨江道，几席芳草，水烟袅袅。

2015 年春　陕西理工大学南区

春野

拓地起宏图，看无尽春野，波光云影皆诗画；
依山望远香，忆岭外杏花，文采达练承宋唐。

2015 年春　陕西汉中

风云

世事纷杂,风云激荡。

或弄潮千里,或水波不惊。

指点江山,何以抒怀?

唯宁静致远耳。

骚客文人,书生意气。

或浓墨重彩,或轻描淡写。

弹指一声,何以回味?

唯墨与茶香耳。

2015年春 陕西理工大学南区

书竹

书香满斋,含苞更宜初夏;
竹盏逸香,高曲应和清风。

2015 年夏　陕西理工大学南区

劲风化雨

劲风化雨兮,虎啸龙吟;
飞云掠穹兮,电闪雷鸣。

2015 年夏　陕西理工大学南区

油菜花赋

自邰地来江南兮,闻稻香而生情。

见南岭之连绵兮,感水乡之所钟。

沐早春之百芳兮,瞰烟柳之蒙蒙。

临汉水之长流兮,有春风之静清。

赏菜花之如海兮,阅乡野之素容。

仰卉涌之磅礴兮,观蜂蝶之戏游。

叩炊烟之柴扉兮,品农家之所营。

万里金灿逐浪兮,接云高乎远青。

驱车以尽兴兮,随曲径而驰骋。

歌赋以抒怀兮,四海之宾为盛。

乐矣美矣,天汉画廊,

阡陌熙熙,心驰神往!

镶春野之黄彩,齐国色之天香。

惹飞宠之同聚,酿如琼之文章。

2016年春　陕西汉中

瞰沐

瞰湖畔春意,春剪新柳夹清水;
沐花下风香,风熏游鱼动圆波。

2016 年春　陕西理工大学南区

云花

白云参差随风至,
春花窈窕始盛开。

2016 年春　陕西理工大学南区

黎坪五首

其一
弹一曲清风,奏花间山水。

其二
流中写激荡,石上赋诗文。

其三
拂汗登山去,玉帘天上来。

其四
龙山寻诸葛,曲径通孔明。

其五
青石有韵宜作缶,绿水无弦常为琴。

2016年夏　陕西汉中黎坪

闻览

闻书声,沐朝阳,缕缕暖风吟诗去;
览秋色,瞰清空,树树金灿送画来。

2016 年冬　陕西理工大学南区

丹青

瞰江畔丹青,波荡芦影,巧夺天工开画境;
赏园中水墨,穹接云山,且凭水色润诗情。

2017 年春　陕西汉中汉江

芙蓉

翠羽芙蓉兮，国色天香。

绿肥红瘦兮，莺飞草长。

春意无尽兮，人间菲芳。

2017 年春　陕西理工大学南区

瞰湖水以平心

仰碧空以畅朗，

观竹柳以怡情，

论儒林以遐想。

冬以静彰其美，

人以善修其高。

2017 年春　陕西理工大学南区

雪飘小江南

其一

六出纷飞琼枝造,玉宇碧树梨花开。

寒梅落雪香自在,不与桃李落俗尘。

其二

江南冬寂,好雪落乃时,湖畔亭间皆如画。

盛世风静,良辰始正荣,天上人间固为春。

2017 年春　陕西理工大学南区

山松

山秀水应醉,

松灵鹤可听。

2017年夏　陕西汉中褒河森林公园

风迥

山间风迥,万壑林涛连江气;

碧汉云敛,百尺虎楼夺山青。

2017年夏　陕西汉中镇巴

山高

山高但任云飞过,
天青能将风送来。

2017 年夏　陕西汉中镇巴

雨花

雨初霁,湖似镜,万里云际何苍茫;
花正荣,绿入翡,百尺楼阁好春风。

2017 年夏　陕西汉中镇巴

丽花

丽日风和，六七月间无暑气；
花香鸟语，二三更后有渔歌。

2017年夏　陕西汉中镇巴

芦苇

波荡芦苇秋入画，
江抹芬芳水衔诗。

2017年秋　陕西汉中汉江

画色

一帘画色含秋雨，
半屏绿翠入晨氲。

2017 年秋　陕西理工大学南区

芳菲

满园芳菲不复在，
一枝独秀领晴空。

2017 年秋　陕西理工大学南区

雪夜

夜静人息,独诗吟书画;
雪歇风止,唯曲顾洞箫。

2017 年冬　陕西理工大学南区

伏花

伏花悄无语,半亩紫露多俊秀;
幽林自虚心,几帘修竹尽峥嵘。

2018 年春　陕西理工大学南区

旭日

旭日朝霞云峰影,

春风晨露草木香。

2018 年春　陕西理工大学南区

雨柳

雨匀春圃浑成漪,

柳染晨色即有花。

2018 年春　陕西理工大学南区

春时

春盛矣,

清风泛柳绿,

此万象归秀,

试倾芳菲入图画;

时至焉,

碧空映花红,

这千里金灿,

来看香馥溢满村。

2018 年春　陕西理工大学南区

园林

览园林,逐小径,雨润风和,株株花开灿烂;
翻典藏,读豪文,时清世泰,卷卷字显琳琅。

2017年春　陕西理工大学南区

望江南

琴铮铮,高山流水声。
弄弦只为抒胸臆,弹指之间几丈风。
谁人敢与听?

2018年春　陕西理工大学南区

一句

风，

水清，

云无形，

无限碧空。

修竹争素青，

天蓝更映花红。

四季岁月始峥嵘，

鸟语花香相逢。

好景诗与共，

万千豪情。

只是钟，

春意，

隆。

2018 年春　陕西汉中汉江

稻香

初夏稻香满岭南,

自入汉以来,

与李泛舟学海乐;

滨堤大江流日夜,

问儒林尔后,

举杯邀月更何人?

2018年夏　陕西理工大学南区

扁舟

一叶扁舟，不畏惊涛骇浪。
千里弄潮，主宰沉浮均在我。
青云鸿鹄，何惧劲风疾雨。
九州神游，任意翱翔总由心。

2018 年夏　陕西理工大学南区

墨竹

墨气满斋，素画更浮仲夏；
竹韵从新，虚怀却和清风。

2018 年夏　陕西理工大学南区

凭栏听雨

凭栏听雨,

声声鼓瑟吹笙。

云影天泉,

仲夏芳草冷千秋。

吾闻潮声汹涌,

尽洗千愁。

又观秀萃明湖,

几度宜人诗画,

风弹琵琶。

若游龙出海,

纵横玉宇百千重。

2018年夏　陕西理工大学南区

修竹

半园修竹冬不冷,
一榻琴书志亦清。

2018 年冬　陕西理工大学南区

秋游

乘修远以平驱兮,栖诗海以学诵。
饮木兰之坠露兮,餐素菊之落英。
晌岭高之蔽日兮,瞰秋风之动容。
仰少空之青蔚兮,拾连木之玖琼。

2018 年冬　陕西汉中留坝

论学

凭栏论学,

望回廊夕照,观柳垂亭台,

一览初冬玉境。

如此静美胜景,

只应儒林逸士共赏乎?

传道授业,

话海阔天空,论古今兴衰,

指点如画江山。

这般大气恢宏,

好借琼楼玉宇同壮哉。

2018年冬 陕西理工大学南区

雁钓

雁高吭兮树成双,
钓寒江兮鰕作狂。

2019年春　陕西西安

鸣清

鸣禽含天趣,
清竹先成春。

2019年春　陕西理工大学南区

风雨

雨来回廊龙隐卧，
风入襟怀鹤高骞。

2019年夏　陕西西安

黄土沟壑

黄土沟壑兮云淡风轻，
山花烂漫兮蜂蝶嘤嘤。
夭桃秾李兮园果滋荣，
吾有诗情兮曲径独行。

2019年夏　陕西长武亭口

夏时

夏盛矣,
清风泛柳绿,万象葱郁,
试倾香馥入图画;
时至焉,
碧空托云轻,千里气正,
来看沃野出天高。

2019年夏　陕西西安

山江

山岭巍巍腾云去,
江渚浩浩送舟来。

2019年秋　陕西西安

云黛

一帘云黛,雨过林霏清风气;
三径斑斓,秋将画色入园心。

2019 年秋　陕西西安

归途

灯火方明兮车如龙,初冬静美兮无寒风。
纷纷攘攘兮夜归户,世事若玄兮与此同。

2019 年冬　陕西西安

第五章 词

浪淘沙·地震

不忍网上看,泪已涟涟。川滇余震今未完。孤老身单亲去也,多亏救援。

叹往日汶川,山秀水澹,可恨只在一瞬间,八万同胞夏日短,无艳阳天。

2008 年夏　西北农林科技大学南区

锦帐春·地震

　　春色难留,初夏汶川,同胞难愁苦何堪?千里地,震泣天,闻生灵涂炭,这般凄惨!

　　几度风雨,余震不断。问苍天地何以胆?举国悲,哀默间,盼山河太平,社稷康安。

2008 年夏　西北农林科技大学南区

沁园春·咸阳

　　盛世初夏，渭水东流，咸阳原上。瞰遍野绿透，阳光尽洒。大秦故地，祥瑞福降。西咸一体，区域经济，福银高速舞龙相。升长空，观江山如画，任眼收放！

　　梦来逸士儒将，有金戈铁马列疆场。更羽扇纶巾，谈笑风生。华夏雄才，满载三江。运筹帷幄，决胜千里，九州大地多智囊。赋今朝，科学促和谐，蒸蒸日上！

2008年夏　陕西咸阳

雨霖铃·竹林歌

　　竹林雨润,丛簇华章,忧思难忘。象牙塔行无影,到迷恋处,叶叶滴翠。掬水只捋空骨,竟有情伤怀。长草卧、此处馨露,珠换新颜随风落。

　　挥袖回眸他乡处,只是那、雨林宛如帐!撷竹煮茶若何?仙工晓、诗剪流云。此去泽物,本是天公紫竹烟过。不尽知、席地英雄,能有几人坐?

2009年春　西北农林科技大学南区

蝶恋花·渭河野炊

　　岩土精英寻乐去，杨柳轻扬，渭河岸处走。欢声笑语此处有，花香融水胜美酒。

　　河边巧烹舒广袖，万里长空，且为炊烟舞。忽递蘑菇和红薯，共食江山尘与土。

2009 年春　陕西杨凌渭河

西江月·渭河野炊

　　泥土芳香沙滩,春风馥郁花林。蜂蝶水面照轻盈,倒影琉璃明镜。

　　此境诚如仙境,席地欢声笑语。万分思念扬笛声,十里犹传师听。

2009 年春　陕西杨凌渭河

天仙子·伍斯特初春

阴阳初开混沌省，翡天玉地化常景。春水荡漾碧如镜，不欲回，身未醒，萦萦娇语琴乱听。

乳芳绽放绿满径，半夜风声云亦静。挥袖仰首神思定，阑珊灯，丽人影，姗姗日出残月暝。

2011年春　美国伍斯特榆树公园

沁园春·忆杨凌

　　后稷故里，稼穑圣地，巍巍关中。看芽麦青青，园果滋荣；树木遍野，阡陌交通。如画风光，四季芬芳，百花斗艳争上游。忆杨凌，阅往日旧景，梦回邰城。

　　象牙塔数曾游，看琳琅满园闻书声。到渭河野炊，道法神农；雅量高致，鼓瑟品茗。游苑赏花，谈笑风生，一路豪歌同踏青。曾记否，坐清塘垂钓，赤兔追风？

2014年秋　陕西理工大学南区

御街行·江南春夜风

纷纷残叶逢春落。夜微漾,樱花碎。粉绿萋萋映霓虹,蛾眉柳醉垂地。年年春夜,风华茂处,竞文章千里。

旧愁新绪随他去,看草长,沐花香。听尽莺歌燕语声,隐隐流水桥旁。谈笑之间,此意陶潜,问盛景几许?

2017年春　陕西理工大学南区

蝶恋花·观樱林

十里樱林梳妆巧,春风微沐,花香熏芳草。极目玉碎缀老枝,近观蜂飞恋花绕。

山里人家门外娇,嫣然画卷,竹梅杏花笑。心有雅意花常在,腹有诗书年自少。

2017年春　陕西汉中西乡樱桃沟

梦江南·甘肃行

长日落,天水映画屏。八碗琼浆风尘赴,牛肉拉面逐清梦。不虚兰州行。

2017年春　赴甘肃兰州经天水

汉宫春·立春

　　子时春归，看南疆北国，无尽春意。细雨清风，江畔草萌欲发。含苞玉兰，墨枝展、满园夺先开。待飞燕、诗剪杨柳，空来携香几回。

　　飒飒东风入律，皆意气风发，鞠躬伏枥。年之计在于春，挽袖励志。成败常事，何来忧、愁不释怀？春泥落、立春不惧，明朝胜景又续。

2017 年春　陕西理工大学南区

临江仙·无题

独爱香茗只不醉，炳烛夜读三更。儒法道禅百家鸣。此说复谁应？但闻夫子声。

长恨言教非余有，青笺却存只影。湖静风清高云平。日落自西去，复明又东升。

2017年冬　陕西理工大学南区

长相思·父亲三周年祭

　　智如水，仁如山。运筹帷幄常指点，笑对冬风寒。

　　行且果，志且坚。披荆斩棘不畏难，豪气冲云天。

2018年春　陕西理工大学南区

蝶恋花·早春

　　暖风乍来已别冬,梅眼苏醒,竹色入帘青。好景诗心谁与共?树梢花影忽淡浓。

　　才看早春莺出谷,几个轻鸣,红白空有声。碧汉飞羽落林丛,应是鸿鹄御风行。

2018年春　陕西理工大学南区

水调歌头·游长江

洪涯看江去,人海漫千里。长江偷闲夜游,此情何处寄?一桥磅礴飞架,两江朝天相逢,极目仰宇穹。满舱皆欢笑,高论夺天声。

轮渡静,霓虹动,御风行。游龙逶迤,纵看伟楼皆垂空。地有连绵起伏,水有两江长流,胜景无穷尽。气势夺千秋,山城始盛荣。

2018 年春　重庆

水调歌头·西成高铁

北起击渭水，南征锦江鱼。崇山峻岭飞渡，极目西南舒。不畏岩隧铁打，唯有英姿劲步。今人皆宽馀，乘者无不曰：遥者何近夫！

江山动，列车静，览长图。一路连通南北，蜀道变坦途。傲视江油千壁，不惧秦岭雪雨，勇毅冠江湖。风流看今朝，诸葛当惊羡。

2018年春　重庆途中

水调歌头·无题

素竹分园色,倦鸟入回廊。夏雨斜沐柳青,草露沾君裳。拾级只是眼望,轻描淡写无妨,挥墨简作赋。笔下淡浓宜,案上叩心旁。

看苍茫,语竹蔷,雨临窗。倚楼书苑,晶莹遍地水满江。红黄肥瘦清香,远近烟笼千丈,岂管天犹凉。字间声声里,唯有自疏狂。

2018 年夏　陕西理工大学南区

蝶恋花·秋雨

凉风忽来已入秋,晨画雨润,湖色映木青。好景诗心谁与共?一曲涟漪忽淡浓。

才闻丹桂风微香,点点金花,年年此相同。拾级小径听泉语,更有亭下读书声。

2018 年秋　陕西理工大学南区

水调歌头·游漾河

  暖春踏青去,花海漫千里。漾河扁舟轻驾,绿水何悠悠。风清只是宜乘,何来高语聒噪,静谧常难寻。低头作词赋,偷得半刻闲。

  入河涧,影斑驳,渐行远。竹筏搁浅,天蓝山翠柳垂岸。春有鸟语花香,晴有云舒风闲,胜景无穷尽。唯愿此久驻,留得春微暖。

2019 年春　陕西汉中勉县漾河

水调歌头·冬暖

  连绵分天色,绿水穿桥廊。萋草微沐竹青,午露沾余裳。拾级只为眼望,轻描淡写无妨,挥墨简作赋。笔下淡浓宜,香茗一盏旁。

  看苍茫,观流长,目览江。壮思荡漾,野鸥向阳掠空翔。春冬何季无问,难得闲暇徜徉,岂管风犹凉。似闻百花盛,燕莺高歌吭。

2019年春 陕西汉中汉江

定风波·长安初冬

　　河堤听车马萧萧声,由春至冬走环城。梦回汉唐诗如涌,如何?满腹经纶任半生。
　　遥想东风春惺忪,懵懂,草木无边夏荷举。秋来琴瑟音清平,也罢,心有旭日无寒冬。

2019年冬　陕西西安